G. NADAUD

MIETTES POÉTIQUES

PARIS

LIBRAIRIE DES BIBLIOPHILES

Rue de Lille, 7

M DCCC LXXXIX

MIETTES POÉTIQUES

Il a été tiré dix exemplaires sur papier de Chine
et quinze sur papier du Japon.

G. NADAUD

MIETTES POÉTIQUES

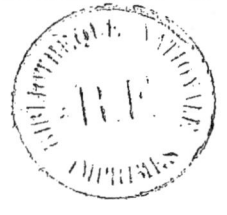

IOVAVST

PARIS

LIBRAIRIE DES BIBLIOPHILES

Rue de Lille, 7

M DCCC LXXXVIII

UN MOT

Ce n'est pas l'Amour qui m'a fait poète,

Bien que j'aie aussi chanté mes amours.

Dès étant enfant j'avais dans la tête

Un certain oiseau qui chantait toujours.

Ce n'est pas non plus la grande Nature,

Les prés ni les bois, les monts ni la mer.

J'estime trois points en littérature :

C'est le naturel, le court et le clair.

Or ce sont ici bribes poétiques,

Morceaux détachés, à-propos divers,

Miettes poétiques.   1

Épigrammes, traits, quatrains ou distiques,

Prompts à s'adapter au moule du vers.

Ma musette a pris les chemins faciles,

Le train omnibus plutôt que l'express.

Je fuis les pédants et les imbéciles,

Poeta minor inter minores.

Parfois lourdaud,

Alors Prudhomme;

Souvent badaud,

Alors Bonhomme:

Toujours Nadaud.

QUATRAINS

Les quatrains, il faut les soigner, dit-on ;
S'ils sont négligés, l'école nouvelle
Les appellera vers de mirliton :
C'est tant pis pour eux et tant pis pour elle.

Je suis un corps errant, un colis voyageur,
  Un bolide, un aérolithe.
Mais nul astre, fût-il de première grandeur,
  Ne m'eut jamais pour satellite.

Les viveurs sont des gens joyeux :
Quand ils ne dorment pas, ils rient.
Plus heureux sont les gens pieux :
Quand ils ne dorment pas, ils prient.

꘎

Je veux tout voir et tout connaître,
Venir ici, courir là-bas :
Où j'étais je ne veux plus être ;
Je veux être où je ne suis pas.

꘎

L'honneur, mot plein, chose parfaite,
N'a point de degrés ici-bas :
On n'est pas plus ou moins honnête ;
On l'est, ou bien on ne l'est pas.

Une abeille disait : « Je suis la grande Abeille ;
Pour l'esprit, la beauté, je n'ai pas ma pareille.
Quel vide chez mes sœurs laissera mon trépas ! »
Elle mourut : l'essaim ne s'en aperçut pas.

꒰꒱

Pour s'exciter au bien, pour y persévérer,
Bonus vient d'inventer un moyen magnanime :
Il veut se figurer qu'il a commis un crime,
Et qu'il tient à le réparer.

꒰꒱

La revanche est dans notre âme ;
Mais n'en parlons que tout bas.
Malheur à qui la réclame !
Honte à qui n'y pense pas !

1.

Tu prétends, ami, que nous sommes
Issus des singes ; mais conclus :
S'ils étaient devenus les hommes,
Les singes n'existeraient plus.

❦

Le progrès, mot banal et formule avachie,
Est pour l'un le pouvoir, pour l'autre l'anarchie ;
Mais pour tous, pour les grands, comme pour les petits,
C'est l'assouvissement de tous les appétits.

❦

Quel joli nom l'Hymen! Avoir une compagne,
Vivre deux, par l'amour voir ce nombre augmenté.
Joli nom !... Mais il a quelque chose du bagne,
C'est ce mot : PERPÉTUITÉ.

Pourquoi ne pas dormir? Pourquoi cette pensée
Tient-elle constamment notre haleine oppressée?
Pourquoi ne pourrions-nous reposer aussi bien
Que la bête et l'enfant qui ne pensent à rien?

CHC

Compositeur géant et poète enfantin,
Wagner a mis toute sa joie
A nous faire gober, sur un mode hautain,
Les contes de *ma Mère l'Oie.*

CHC

Abîme de travail, océan de savoir,
Torrent de contre-point et fleuve d'harmonie,
Wagner, le grand Wagner, prouve qu'on peut avoir
Un tout petit esprit dans un très grand génie.

Toi qui vécus toujours en proie aux usuriers,

Te voilà riche enfin de par tes chansonnettes.

Comme tu vas pouvoir payer tes créanciers !

— Mais non ! comme je vais pouvoir faire des dettes !

☾☽

Plus d'un savant, imbu de matérialisme,

Se plaît à constater les faits du magnétisme ;

C'est-à-dire qu'il croit aux prodiges humains

Et refuse de croire aux miracles divins.

☾☽

Ma femme a le regret de son premier époux,

Et moi bien plus encore ! En voulez-vous la preuve ?

Si cet homme existait pour le bonheur de tous,

Je n'aurais pas été le mari de sa veuve.

Les avocats les plus capables
Ont de pathétiques accents
Pour faire acquitter les coupables
Et condamner les innocents.

⚭

Quel malheur que Mengin ne vive pas toujours !
Il eût été nommé par les bourgeois honnêtes.
On sait qu'il commençait ainsi tous ses discours :
« Tas d'imbéciles que vous êtes ! »

⚭

Voici l'ordinaire discours
D'un auteur qu'on aime... et qui s'aime :
Le public vous donne toujours
Le rang qu'on s'assigne soi-même.

Voulez-vous flatter la manie

D'un poète assez insolent?

Voici : trouvez-lui du génie;

Il vous trouvera du talent.

Gustave a l'humeur indécise ;

Il flotte à gauche, à droite ; mais,

Quand c'est pour faire une sottise,

Gustave n'hésite jamais.

Est-il rien de plus beau que le millionnaire,

Qui, pouvant tout garder, veut tout jeter à bas,

Le riche partageux, révolutionnaire ?

— Oui, le pauvre qui ne l'est pas.

C'est bien, Messieurs, encore une ou deux lois pareilles,
Le traité de Cobden, la grève des abeilles,
Le commerce égaré, le travail suspendu,
C'est bientôt fait, allez, un pays est perdu.

❀

Pour avoir fait jadis un tout petit volume,
Il croit être un auteur et faire du métier,
Vendre des manuscrits, bref, vivre de sa plume...
Allez, mon cher Monsieur, vous êtes un rentier.

❀

Homme étourdi, tête de lièvre,
Ne parle pas, prends l'encrier.
Il est de la plume au papier
Comme de la coupe à la lèvre.

Deux horloges chez nous laissent l'heure indécise.

Je ne sais trop laquelle a tort,

Celle de la mairie ou celle de l'église ?

Elles ne vont jamais d'accord.

Le plus doux des humains, le cœur le plus aimant,

L'âme bonne toujours, mais absolument bonne,

Tout plein d'attention, tout soin, tout dévouement...

Pour sa propre personne.

Un tout jeune homme aimait une belle un peu mûre ;

Elle, pas mal coquette, et lui, pas très malin.

Elle part ; il demeure ; et déjà l'on murmure :

« Est-il veuf ? Est-il orphelin ? »

Je consulte souvent un poète que j'aime ;
Il est, en fait de vers, mon arbitre suprême ;
Mais, quand je veux avoir ses conseils sur les miens,
Il me donne toujours ses avis sur les siens.

☼

Je vis loin des cités, seul en mon ermitage :
O calme sans mélange ! O bonheur sans partage !...
Sans partage ? Que dis-je ? Et quelle est mon erreur !
Bonheur non partagé n'est qu'un demi-bonheur.

☼

Une mère battait son enfant (quelle mère !)
Comme on battrait un animal ;
Et l'enfant s'écriait, dans sa douleur amère :
« Maman, tu vas te faire mal ! »

2

Il était laid, il est splendide ;

Il était chétif, il est fort ;

Il était trouble, il est limpide :

C'est qu'il vivait, c'est qu'il est mort.

❀

Peu d'hommes ayant fréquenté

Les rois, les grands et l'opulence,

Ont gardé toute leur fierté

Et toute leur indépendance.

❀

Un naïf qui me sert de cible

Va disant du matin au soir

Que j'ai de l'esprit ; c'est possible,

Mais comment peut-il le savoir ?

Du blanc, du bleu, du vert, la mer et la montagne :
C'est beau, Monte-Carlo, le jour où l'on y gagne !
Un nuage, du gris, plus de bleu, plus de vert :
C'est laid, Monte-Carlo, les jours où l'on y perd.

❀

De temps en temps ne craignons pas qu'un livre
Vienne choquer le goût et l'irriter ;
S'il faut donner les exemples à suivre,
Il faut montrer ceux qu'on doit éviter.

❀

Deux veuves que la mort de leur mari délivre
Ont diverses façons de sentir et souffrir :
C'est que l'une commence à vivre,
Quand l'autre finit de mourir...

C'est un bel animal, il inspire l'effroi :

Il est fier, il est fort, du danger il se joue ;

Lion républicain, il est peuple, il est roi ;

Mais sa queue est trop longue et traîne dans la boue.

Ce n'est pas affaire d'oreille,

De temps, de langue ou de chemin ;

Mais il faut s'adresser la veille

A qui comprend le lendemain.

Les bons n'ont pas besoin de beaucoup de prières ;

Il en est autrement des mauvais caractères :

Maris grognons, quinteux, perfides et jaloux,

Vos veuves ne sauraient prier assez pour vous.

Se voir traiter de pleutre et de pitre et de cuistre,

Flatter la populace et les agents véreux,

Pour être député, sénateur ou ministre...

Se donner tant de mal pour être malheureux !

ɔⱩɕ

On ne saurait jamais comprendre

Qu'il se trouve des prétendants

Prêts à tout acheter et vendre

Pour être Rois ou Présidents.

ɔⱩɕ

Elle est religieuse ; elle aspire à souffrir ;

Son cœur s'est desséché sous la serge rigide.

D'abstinence et de jeûne elle se fait mourir,

Et la religion défend le suicide !

2.

On trouve, me dis-tu, dans les vers que j'écris,
Le naturel qui plaît, le bon sens qui s'impose,
Le charme... et cætera. Je n'en suis pas surpris,
Puisque j'écris en vers ce que tu dis en prose.

Nous passons notre vie à connaître la femme :
Mais, comme chaque femme est une exception,
L'homme saisit le fil sans comprendre la trame,
Et finit sur un point d'interrogation (?).

Plagiaire des plus habiles,
X... écrit tout ce qu'il entend :
Quatre-vingt-dix-neuf fois sur cent,
Il n'entend que des imbéciles.

Je crains beaucoup les patriotes,

Du moins ceux qui prennent ce nom.

Qu'ils soient avec ou sans culottes,

Sont-ils plus Français que moi? — Non.

Ↄ┼Ↄ

Les arbres géants, le chêne et le hêtre,

Laissent sous leur ombre un désert caché.

Autour d'eux tout meurt et rien ne peut naître :

Ainsi font le Louvre et le Bon Marché.

Ↄ┼Ↄ

Vénus à l'occident marque la fin du jour ;

Au levant Lucifer en marque le retour.

Le même astre a donné la lumière et le voile,

Ainsi fais-tu ma nuit et mon jour, mon Étoile.

Autrefois il laissait l'appétit à l'assiette,

Ou bien il mangeait trop sans dommage. Aujourd'hui

Son estomac est comme une vieille coquette :

Il a toujours besoin qu'on s'occupe de lui.

❀

A propos de Wagner chacun discute, hésite,

Va de l'hyper-critique à l'ultra-laudatif ;

On peut lui décerner plus ou moins de mérite ;

Mais il est ennuyeux, cela c'est positif.

❀

L'auteur vous montre ce qu'il fit ;

Vous le jugez... quelle imprudence !

Nul éloge ne lui suffit,

Et toute critique l'offense.

Des plus beaux compliments poursuivez une femme;
Elle vous traitera de fat et de benêt.
Lancez-lui maintenant quelque verte épigramme,
Elle en est enchantée, elle se reconnaît.

⚭

Ce matin je passais près d'un coq monogame.
« Un homme, disait-il, peut n'avoir qu'une femme;
Mais moi, cocorico! voyez mon désespoir :
Pour n'avoir qu'une poule, autant n'en pas avoir. »

⚭

Renoncer au talent qui brille,
Aux succès, aux gaîtés de l'esprit et du cœur,
N'est-ce pas trahir sa famille?
N'est-ce pas être ingrat envers le Créateur?

Il se peut que ma part ne vaille pas la vôtre,

Que vous soyez plus sûr que moi du paradis.

Mais je ne voudrais pas changer avec un autre :

C'est ce que chacun pense, et c'est ce que je dis.

⊙⊀C

« Regarde le ciel, Marguerite,

Qu'il est beau, sublime et divers !

— Et pourtant, répond la petite,

Nous ne le voyons qu'à l'envers. »

⊙⊀C

Veux-tu la suivre? Elle te fuit.

Veux-tu la fuir? Elle te suit.

Est-ce de l'Ombre ou de la Femme

Que l'Homme a dit cela, Madame?

Il était fort gêné pour gérer sa fortune ;
Mais il a négligé, gaspillé, mal mené.
Il ne lui reste pas une obole ; pas une :
    Maintenant il n'est plus gêné.

ᕱᕙ

Est-ce décadents ? Est-ce décadés ?
D'où vous vient ce nom, Messieurs ? Répondez !
Est-ce de décade ou bien de culbute ?
Marque-t-il un nombre ou bien une chute ?

ᕱᕙ

  Est-on vraiment millionnaire
  Quand on n'a qu'un seul million ? —
  Ce n'est pas à moi que Pereire
  Poserait cette question.

Avant que le déclin de l'âge s'accomplisse,

Jouissons du présent, sauvons-nous de l'ennui,

Et répétons avec monsieur de La Palisse :

« Nous ne serons jamais plus jeunes qu'aujourd'hui. »

⚜

Il est borné, têtu : c'est un légitimiste ;

Hautain, cassant, rageur : c'est un bonapartiste.

Il est aristocrate, et despote, et taquin :

C'est un républicain.

⚜

Il a reçu du Ciel cette faveur étrange

D'avoir l'oreille close au mal qu'on dit de lui,

Mais de l'avoir toujours ouverte à la louange.

Le cas date d'hier... Il est sourd aujourd'hui.

Une belle décolletée,

Disait l'autre soir dans un bal

Que l'abstinence lui fait mal.

Elle s'est toujours bien portée.

◌╫◌

Chambard? Je l'ai connu ; j'en ai connu beaucoup,

Citoyens ou soldats, prêts à faire un bon coup.

De là vient *chambarder,* verbe actif, mot funeste,

Qui sous un nom plaisant cache un vol manifeste.

◌╫◌

Je ne crois pas qu'on soit sciemment plagiaire.

Oh ! ce n'est pas par probité ;

Mais bien plutôt par vanité,

Chacun croyant toujours mieux que les autres faire.

3

Il était un nommé Gros-Sel
Qui confondait le mot suffrage
Avec le mot naufrage :
Il disait volontiers : naufrage universel.

Erreur que les livres offerts
Aux personnes trop occupées ;
C'est tout au plus s'ils sont ouverts :
Les pages n'en sont pas coupées.

Il existe encore en province
Quelques vieux types égarés
De gens qui respectent le Prince,
La loi, l'Église et les curés.

Veux-tu te consoler d'une perte légère,

D'un embarras d'argent, d'un débiteur sans foi ?

— Le moyen ? diras-tu. — Je vais te satisfaire :

En faisant une aumône à plus pauvre que toi.

« Tu sais que là-haut est une autre vie ?

— Non, répond Thomas, j'ai toujours douté.

D'un autre séjour je n'ai nulle envie,

Et je ne tiens pas à l'Éternité. »

Il est dit que la politique

Fourre son nez partout, partout,

Et, si l'on construit un égout,

Il faut qu'il soit démocratique.

« Vieux jeu ! » disait-on en riant.

Sous l'indifférence on le tue ;

Et puis on court à Lorient

Pour lui dresser une statue.

⌘

« Si je suis clairvoyant, ce monsieur triche au jeu.

Méfiez-vous de lui, Gaston, je vous en prie.

— Oui, répondit Gaston, je le soupçonne un peu ;

Mais c'est pour lui que je parie. »

⌘

C'est le noir Louverture

Qui, le premier, je crois,

A dit que la nature

Ne perd jamais ses droits.

Il faut admirer de quel art
Les joueurs expliquent leur cause :
S'ils perdent, c'est jeu de hasard ;
Mais, s'ils gagnent, c'est autre chose.

⁂

Sois grand, sois glorieux, pianiste, virtuose,
Ténor ou baryton, tape dur, chante fort,
Plonge-toi tout vivant dans ton apothéose :
Quand tu mourras, tu seras mort.

⁂

« Nous sommes citoyens du monde ;
Et vous ? Répondez franchement.
— Que voulez-vous que je réponde ?
Je suis Français tout bonnement. »

3.

Il épousa Clara, comme il l'avait promis,
Obligeant en cela plusieurs de ses semblables.
Il est mort : quel malheur ! sa femme et ses amis
(Les amis de sa femme) en sont inconsolables.

※

Le poème est monumental :
L'auteur est sur son piédestal,
Comme un saint, un dieu... Mais en somme
J'aimerais mieux qu'il fût un homme.

※

Maint auteur dramatique à chaque personnage
Donne le même style et le même langage.
Or, s'il a de l'esprit, tous ses héros en ont ;
S'il est bête...? S'il l'est...? Eh bien, ils le seront !

Pas de raisonnement, de discours, d'esthétique :
Prends l'outil, le papier, la toile, le compas ;
Compose, peins, écris (rien de la politique) :
Travaille, et ne raisonne pas.

✠

A Marseille, voyant une mer non bornée,
Voici les mots que Jean de Paris prononça :
« Sais-tu bien que c'est grand, la Méditerranée !
Je ne la croyais pas aussi vaste que ça ! »

✠

Du moine voici la chanson :
Moi, je me fais baudet afin d'avoir du son.
Voici la chanson du chanoine :
Moi, je me fais cheval pour avoir de l'avoine.

Entendons-nous d'abord sur le mot « Liberté ».

L'effet n'est pas toujours ce que le titre implique :

Si l'Angleterre est libre avec la Royauté,

Suis-je bien sûr de l'être avec la République ?

❧

Je dors toute la nuit, le jour je me repose ;

C'est un bonheur complet, mais un bonheur en prose.

Le décousu, l'air libre et la vie à l'envers,

C'est un moindre bonheur, mais un bonheur en vers.

❧

Trois pas en avant,

Deux pas en arrière,

C'est notre manière

D'aller au couvent.

Elle n'est pas cupide en fait de porcelaines ;

Elle a voulu que chaque amant

Lui donnât une tasse, une, une seulement.

Nous faisons l'inventaire : elle en a six douzaines.

∋⊱⊰∈

« Comment m'aimes-tu ? me dit-elle.

— Mais, mignonne, je t'aime autant

Que le papillon la chandelle,

Et que l'oiselet le serpent.

∋⊱⊰∈

Je hais ces avocats sans cause,

Ces ambitieux aux abois,

Qui font discours de toute chose

Et politique de tout bois.

A votre aise, Messieurs, blaguez Scribe et son style,
Ses vers, qui ne sont pas le suprême de l'art ;
Mais je vous donne en cent, et je vous donne en mille
D'en faire la centième ou la millième part.

⁂

Un mari disait à sa femme
(Ce mari s'appelait Gogo) :
« Qui donc a construit Notre-Dame
De Paris ? — C'est Victor Hugo. »

⁂

Il est deux mots français qui me laissent perplexe :
Dirai-je qu'une femme est escroc ou filou ?
Ces termes sont en France étrangers au *beau sexe*.
Pourtant j'en ai connu... mais je ne sais plus où.

On a démoli notre ville ;
Il ne reste plus rien debout.
Que d'insectes sans domicile !
On ne saurait penser à tout.

※

Elle n'était pas, certes, d'Orléans :
Désintéressée autant qu'inhabile,
Elle refusait les bons de cinq francs,
Mais elle acceptait les billets de mille.

※

Cet homme est très content de lui :
Il veut absolument qu'on l'admire et qu'on l'aime.
Comme il n'a pu trouver cet amour chez autrui,
Il est bien obligé de s'admirer lui-même.

La patrie était en souffrance,

L'Anglais en tenait la moitié.

Orléans a sauvé la France;

La France l'a-t-elle oublié?

∞

J'écoutais deux messieurs qui conversaient tout bas;

J'entendais cependant que l'un disait à l'autre :

« Voulez-vous mon avis? — Merci, je n'y tiens pas.

— C'est dans votre intérêt. — Gardez-le dans le vôtre! »

∞

Il est doux au premier abord;

Mais, quand il est pris d'une quinte,

Il tousse, il crache, il pique, il mord,

Chicotin, fils de Coloquinte.

Un poète rempli d'espoir
Édite son œuvre complète.
Tout le monde voudrait l'avoir,
Mais personne, hélas ! ne l'achète.

֍

Elle se peint et se fagote,
Se rend ridicule à plaisir,
Pour avoir l'air d'une cocotte,
Et sans pouvoir y réussir.

֍

Êtes-vous commerçant, soldat, agriculteur,
Homme de loi, de plume ou de quelque autre sorte ?
Artisan, ouvrier ? — Non, je suis électeur.
J'ai mon vote. Il faut bien que tout état rapporte.

Miettes poétiques. 4

Parmi les avocats corsaires,

Le mien est corsaire et demi,

Et je plains trop ses adversaires

Pour ne pas être son ami.

꒯꒭

Le moins élégant des tribuns

Est d'une inconséquence extrême :

Il fait la guerre aux gens communs

Et vit en paix avec lui-même.

꒯꒭

Ce vin est excellent ; tout le monde l'adore ;

Mais il faut qu'il vieillisse et soit pris en son temps ;

Avant d'avoir vingt ans, il n'est pas bon encore ;

Il cesse d'être bon s'il a plus de vingt ans.

Un chansonnier du genre humide
A lever le coude est enclin.
« La nature a l'horreur du vide,
Dit-il ; moi, j'ai l'horreur du plein. »

⚮

Certain insecte, qu'on ne nomme
Qu'à la rigueur, disait tout bas :
« En résumé, je mange l'homme,
Et l'homme ne me mange pas. »

⚮

« Vous êtes triste et vieux, sans espoir et sans biens,
Comblé de tous les maux dont la mort nous délivre,
Et vous pouvez tenir à la vie ? — Oh ! j'y tiens !
Songez-y donc, Monsieur, je n'ai que ça pour vivre. »

C'est un poète comme il faut;

Son style est bon, sa phrase est ronde;

Bref, ses vers n'ont qu'un seul défaut :

Ce sont les vers de tout le monde.

Pour la rime, elle est en progrès;

Elle tonne, étonne et détonne.

Elle ressemble au pot de grès :

Plus il est creux, plus il résonne.

Droit au but, rien de trop, dire peu mais tout dire,

Ne pas aller à droite, à gauche, en haut, en bas,

C'est un rare talent de parler et d'écrire

Que l'homme peut avoir, que la femme n'a pas.

Ces grands poètes qu'on admire
Ont pour nous un charme infini;
Il faut les lire et les relire;
Mais pour les connaître, nenni!

≈

Ami libre penseur, tu n'es pas un athée,
Tu crois qu'un autre esprit régit tout ici-bas,
Que là-haut ta prière est peut-être écoutée :
Allons, prie un moment : on ne le saura pas.

≈

Jalousie est chose funeste.
J'apprends avec un vif émoi
Que Chochol est jaloux de moi...
Pauvre homme! est-il assez modeste !

Ne prenez pas pour des brebis
Tous ces artisans patriotes,
Tailleurs qui ne font pas d'habits,
Bottiers qui ne font pas de bottes.

ᏯᏰ

Corneille, pour fêter ton double centenaire,
Tes fils ont appelé la flûte et le tonnerre.
Les poètes ont fait des vers du plus haut prix.
Je voudrais bien savoir si tu les as compris !

ᏯᏰ

Connaissant ma faiblesse extrême,
J'ai mis mon bien en viager,
Afin de le mieux protéger
Contre moi-même.

Cerises fraîches, rouges perles,

Qui mûrissez dans nos jardins,

Êtes-vous pour le bec des merles,

Ou la bouche des citadins?

Les Russes et les Polonaises

(Qu'elles m'excusent si je mens)

Sont pour leur mari très mauvaises,

Mais très bonnes pour leurs amants.

Quand ils ont commis leur acte énergique,

L'insecte et la fleur se sentent brisés.

L'agave fleurit et la guêpe pique;

Ils doivent mourir; ils sont épuisés.

Il est, parmi le peuple, une chose assurée

Contre le brigandage, et qu'ivrogne ou voleur

Respectera toujours comme sainte et sacrée :

    L'outil du travailleur.

※

A force de nier l'enfer, le paradis,

Le diable et le bon Dieu, nihiliste, anarchiste,

Athée et plus encore, un jour je vous prédis

Que celui-là sera fou, chartreux ou trappiste.

※

    Je sais ici-bas plus d'un être

    N'ayant ni foi, ni feu, ni lieu,

    Qui n'accepte ni Dieu, ni maître :

    Il est donc son maître et son Dieu ?

On assure que par vengeance
Elle prend un autre amoureux.
Enfin, enfin, j'ai de la chance,
Mais que je plains le malheureux !

⁂

Ce que n'ont jamais vu ni Monsieur, ni Madame,
Ce qu'ils ne verront pas, ou je me trompe fort,
C'est un homme ou bien une femme
Avouant qu'il ou qu'elle a tort.

⁂

Puits, abîme sans fond, hauteur inaccessible,
La femme est le rébus offert par le destin.
Qui la connaît le plus ? — Son amant, c'est possible.
Qui la connaît le moins ? — Son mari, c'est certain.

Phryné disait (propos sublime) :

« L'affection, je n'y tiens pas ;

Mais ce qu'il me faut, c'est l'estime. »

— Ho ! ho ! Phryné, parle plus bas !

Par l'un, l'humanité se venge ;

Par l'autre, triomphe le Ciel :

Victor Hugo, c'est Michel-Ange ;

Lamartine, c'est Raphaël.

Les sentiments et les idées,

Les dactyles et les spondées,

Il s'agit de les bien penser

Et surtout de les bien placer. .

Lorsque Duprez poussait cette note divine
Qui vers les murs d'Altorf guidait Arnold vainqueur,
   Ce n'était pas l'*ut* de poitrine,
   C'était bien plutôt l'*ut* du cœur.

✠

La faveur du public, c'est l'amour de la femme ;
On la trouve, on la perd, sans avoir su pourquoi.
Après qu'on l'a perdue, en vain on la réclame :
Air, vent, onde, fumée... Amour, n'est-ce pas toi ?

✠

   On parlait devant Isabelle
   D'honneur, de vertu, de talent.
   « Ils n'en finiront pas, dit-elle,
   Avec leurs questions d'argent. »

Chanson, poème simple et doux,
Quand te feras-tu reconnaître
Pour le plus aimable de tous,
Et le plus utile peut-être?

❋

Ils ont vu leurs vœux exaucés,
Tous ces époux qui se détestent!
Mauvais ménages, divorcez!
Puis nous compterons ceux qui restent.

❋

Il tint toujours au moins ce qu'il avait promis:
Il fit beaucoup de vers et pas mal de musique;
Il aima son pays, ses parents, ses amis,
Et ne voulut pas être un homme politique.

De douceur et de piété
Elle fut un parfait modèle ;
Elle n'a jamais existé,
Mais longtemps on parlera d'elle.

Ci-gît un pauvre photographe
Qui vécut souffrant et perclus :
Il avait fait son épitaphe ;
  « Ne bougeons plus ! »

Que de croix noires !
Que de caveaux remplis !
Que de mémoires !
Et surtout que d'oublis !

DISTIQUES

Lorsque j'écris le *je*, le *moi*,
C'est bien souvent le *tu*, le *toi*.

OHC

Un *beau désordre* étant un des effets de l'Art,
J'ai laissé mes feuillets se placer au hasard.

OHC

Rentrons chez nous lorsque le jour finit;
Soyons oiseaux, mais ayons notre nid.

La caisse de l'avare est un profond tiroir
Qui se ferme à donner et s'ouvre à recevoir.

∗

C'est un charmant garçon. — En somme,
Ce ne sera jamais un homme.

∗

Vagabond ou caillou qui roule en voyageant,
N'amassera jamais de mousse ni d'argent.

∗

Nous ne pouvons jamais toucher la même rive ;
Tu reviens quand je pars, et, quand tu pars, j'arrive.

∗

Oh! la plaisante erreur d'un poète indigent,
Qui croit faire des vers et gagner de l'argent.

Parisiens, race maudite
Qu'on calomnie... et qu'on imite.

❀

Je me dis, ma charmante, en lisant ton paraphe :
Les femmes ont du style et n'ont pas d'orthographe.

❀

Je suis né voyageur ; je cours de toutes parts,
Enchanté quand j'arrive, enchanté quand je pars.

❀

Il cite à tout propos de la prose et des vers ;
Il en sait juste assez pour citer de travers.

(Imité de Byron.)

❀

Il dit que je n'ai pas ombre de jugement ;
Moi, je dis qu'il en a... Quel est celui qui ment ?

5.

Les moments sont trop courts ; je m'amuse trop. Donc
Je voudrais m'ennuyer pour trouver le temps long.

❀

A ton tricorne absent je dédie une larme,
Gendarme !

❀

Ne crains pas de troubler mon sommeil, cher ami.
M'éveiller, ce serait prouver que j'ai dormi.

❀

Croyant leur rendre un légitime hommage,
L'homme avait fait les dieux à son image.

❀

Qu'il reste dans le ciel ce qu'il fut sur la terre :
Notaire !

Que la terre lui soit ce qu'elle fut sur terre :
Légère.

❄

S'il a fait quelquefois quelque éloge d'autrui,
Ce n'est pas pour eux, c'est pour lui.

❄

Tout argent dépensé
Est de l'argent placé.

❄

Un ami vient me voir; quel bonheur! quel bonheur!
Mais, s'il reste longtemps, quel malheur, quel malheur!

❄

Chaque nuit a son jour, et chaque jour sa nuit.
Toute plante a sa fleur, et toute fleur son fruit.

Voyez la différence entre l'homme et la femme :
« Voulez-vous ?—Non, Monsieur.—Voulez-vous ? —
[Oui, Madame. »

※

Elle a tant abusé de ma crédulité
Que je ne crois plus rien, même la vérité.

※

Souvenons-nous toujours, imprudents que nous sommes,
Que la discrétion est la pudeur des hommes.

※

Il a souvent raison, le député du Nord.
L'orateur du Midi lui prouve qu'il a tort.

※

Éducation nulle, instruction primaire
Sommaire.

Gilet haut monté, vêtement de singe,
Inventé par ceux qui manquent de linge.

X

Bons travailleurs, que voulez-vous ?
« La *Marseillaise* et trente sous ! »

X

Des gens trop gais méfiez-vous :
Tout est sérieux chez les fous.

X

Tous paysans, les Franc-Comtois,
Paysans madrés et matois.

X

Mon cœur ne sait renoncer aux amours ;
Il parle bas ; mais il parle toujours.

La vie à bon marché? Mais c'est tout le contraire.
Élevez donc les prix, et surtout le salaire.

※

Excédent de travaux et de productions :
Concurrence mortelle entre les nations.

※

Songez donc que faire un traité,
C'est enchaîner sa liberté.

※

Mes vœux du jour de l'an : Ayez joie et santé !
Le cœur est aussi chaud en hiver qu'en été.

※

« Moi, dit-il, je ne crois que ce que je comprends. [francs. »
— Que comprends-tu? — Mais rien. — Moi non plus : soyons

Le travail de l'esprit est toujours chose bonne,
Pour le mal qu'il empêche et le plaisir qu'il donne.

(Imité de la marquise de Blocqueville.)

❀

Le grand homme partit comme il était venu,
Estimé de tous ceux qui ne l'ont pas connu.

❀

Il est si sûr de lui, si solide, si fort,
Qu'il ne pense jamais qu'il pourrait avoir tort.

❀

Les poètes du jour prennent tout à l'envers.
Ils font des vers en prose, et de la prose en vers.

❀

Ceux qui font des alexandrins sans hémistiche
Font du rythme un monstre, et de la rime un fétiche.

Voici la question déduite et condensée :
La musique a l'idée et le vers la pensée.

ℋ

Épigramme, épigramme,
Tu vises souvent l'homme, et plus souvent la femme.

ℋ

Mal présent : nous avons, vous avez ce mal-là,
Puisqu'il est convenu que tout le monde l'a.

ℋ

« De quel pays es-tu ? — Du pays de ma femme. »
Vous le croyez, Monsieur ; vous le savez, Madame.

ℋ

Ce que je veux, je le veux bien ;
Mais ce que c'est, je n'en sais rien.

Le cœur est une plante ayant double produit :
L'amour en est la fleur, et l'amitié le fruit.

❀

La femme est le sillon, et l'homme la semence :
L'une doit achever ce que l'autre commence.

❀

La simple mélodie est pour eux sans appas :
Ils ne sauront jamais ce qui ne s'apprend pas.

❀

Oh ! les États-Unis d'Europe !
As-tu fini, vieux philanthrope ?

❀

La France est notre amante immuable, immortelle ;
Mais vous l'aimez pour vous, et nous l'aimons pour elle.

6

Un éloge venant de vous, Monsieur Le Sourd,
Vaut bien son pesant d'or, et votre style est lourd.

⚯

« Comment va votre père? — Il va bien ; il est mort.
Il dort. »

⚯

A Nice on joue, on perd, on chante, on aime ;
On y vient en première, on en part en troisième.

⚯

A Paris le grand chic est d'être un peu voyou ;
J'ai vu ça quelque part, mais je ne sais plus où.

⚯

Au domino je sais une de mes victimes
Qui donnerait dix francs pour gagner dix centimes.

Le but du voyage est le port,
Le but de la vie est la mort.

※

Sa femme et ses enfants, voyez comme il les aime !
— Mais adorer les siens, c'est s'adorer soi-même.

※

Le public est un grand enfant :
Il veut tout ce qu'on lui défend.

※

Je le crois infecté du virus poétique ;
Il n'aurait jamais pu faire un bon domestique.

※

Ce nouveau chansonnier est-il vraiment nouveau ?
— Ma foi, non : c'est toujours le *vieux jeu* du Caveau.

Toute plante a sa fleur, et toute fleur sa graine.
Tout enfant a sa joie, et tout homme sa peine.

ᴔᴃ

O pâles Girondins, gens de bien, gens honnêtes,
Je serais avec vous : mais que nous serions bêtes !

ᴔᴃ

Parisien vaut presque Athénien :
Aussi léger, mais plus artiste. — Qui? —- L'ancien.

SONNETS

Foin du sonnet! J'en veux faire un
Pour prouver que j'en saurais faire.
Ce talent n'est pas si commun
De savoir sortir de sa sphère.

Mais qu'on soit blond ou qu'on soit brun,
On n'obtient pas ce qu'on préfère,
Surtout lorsqu'un ordre opportun
Ne permet pas que l'on diffère.

6.

Pour qui faut-il, puisqu'il le faut,

Que ce sonnet soit sans défaut?

Ce n'est pas pour l'Académie;

Ce n'est pas pour toi, cher lecteur,

Ni pour vous, mon pauvre éditeur :

C'est tout simplement pour ma mie.

LE MIROIR BRISÉ

Un homme, je me trompe, un sultan, s'il vous plaît,
Se regardait dans une glace.
La glace étant fidèle, il se trouva fort laid.
Que voulez-vous qu'un sultan fasse?

« Imposteur ! (c'est, je pense, au miroir qu'il parlait)
Tu vas expier ton audace ! »
Il le brise, et revoit chaque éclat qui volait
Lui faisant la même grimace.

L'homme injuste parfois croit avoir oublié

Le remords vigilant qu'il écrase du pié.

   Il marche dans sa confiance.

Mais, malgré son air calme et son rire moqueur,

Il retrouve toujours avec les yeux du cœur

   Les morceaux de sa conscience.

A NICE

O rive fortunée où les villas blanchissent
Dans les gris oliviers saturés de soleil,
Où la rude saison est un printemps vermeil,
Où sous leurs grelots d'or les orangers fléchissent;

Où les jardins, au lieu de coûter, enrichissent,
Où le riant matin amène un gai réveil,
Où tout est fleurs et fruits, où les flots réfléchissent
L'azur d'un ciel sans tache en un bleu sans pareil;

O Nice, belle Nice, ô Naples de la France,

Climat où le mourant va trouver l'espérance,

Je voudrais dignement te chanter et t'offrir

Un de ces vers heureux que personne n'oublie,

Pour te dire autrement qu'à ta sœur d'Italie :

« Te voir, te voir encore, et puis... ne pas mourir ! »

LA TREIZIÈME ANNÉE

Douze ans, entendez-vous? Douze ans nous nous aimâmes,
Nous n'eûmes qu'un désir, qu'un but et qu'un chemin :
Il semblait qu'un seul souffle inspirât à nos âmes
Des sentiments si hauts qu'ils n'avaient rien d'humain.

Les cendres à la fin amortissent les flammes.
Sur le foyer noirci j'osai porter la main ;
Je la retirai froide, et nous nous séparâmes :
C'est l'histoire d'hier ou celle de demain.

Je lui dis en partant : « Jure, et qu'il t'en souvienne,

Que tu gardes ma vie en me laissant la tienne ! »

Mais elle, d'un air calme et d'un ton résolu...

(C'était le premier jour de la treizième année ;

Je me rappellerai toujours cette journée) :

« Je vous aurais aimé, si vous l'aviez voulu. »

LA LETTRE AU RUISSEAU

Tous les jours j'écris une lettre
Que je confie au clair ruisseau.
Je lui dis : « Suis le fil de l'eau,
Si le hasard veut le permettre. »

Mais cent obstacles vont peut-être
L'arrêter, l'herbe, le roseau,
Le poids de l'eau qui la pénètre,
Les racines de l'arbrisseau.

N'importe ! qu'une seule arrive

A toucher la lointaine rive,

Et mon destin est à bénir !

Mes lettres ne sont pas pressées ;

Elles sont toutes adressées

A mes amis de l'avenir.

SUR

LES PEINTURES DE FRAGONARD

A GRASSE

Combien ils sont aises de vivre,
O Fragonard, tes amoureux !
Ils chantent dans le même livre
Le court duo des jours heureux.

L'odeur du printemps les enivre ;
La flore du jardin ombreux
N'est pas suffisante pour eux ;
Le zéphyr ne saurait les suivre.

Mais, après la moisson des fleurs,

Survient la vendange des pleurs,

L'instant fatal, l'adieu farouche.

Puis, l'abandon et le départ…

Eh bien, c'est cela qui me touche

Dans les toiles de Fragonard.

VARIA

Mon orgueil a voulu m'élever dans l'espace ;
Mon esprit a voulu savoir où naît le jour ;
Ma raison a voulu comprendre ce qui passe,
Et mon cœur n'a voulu connaître que l'amour.

Tais-toi donc, mon orgueil, tu n'es qu'un éphémère !
Tais-toi donc, mon esprit, tu n'es qu'obscurité !
Tais-toi donc, ma raison, tu n'es qu'une chimère !
Parle toujours, mon cœur, toi seul es vérité ?

☮

Je suis le vieux chêne amputé :
La bûcheronne à la main sûre

A rouvert cent fois la blessure

De mon tronc sec et dévasté.

Elle a fait de moi des ruines.

Eh bien ! je veux lui dédier

Le sang qui reste en mon aubier

Et la cendre de mes racines.

☿

Dans les branches d'un cerisier

On avait mis un faux bonhomme,

Un mannequin, pour effrayer

Les moineaux, race gastronome.

Bien inutile est ce travail :

Car les petites bêtes grises

Se perchent sur l'épouvantail

Pour mieux attaquer les cerises.

Un arbre couvert de chenilles

Désirait se déshabiller,

C'est-à-dire se dépouiller,

C'est-à-dire s'écheniller.

Tout y passa, garçons et filles,

Cadavres, lambeaux et guenilles.

Mais, quand l'arbre fut émondé,

Nettoyé, purgé, pommadé,

On vit qu'il était... décédé.

⊃⊢⊂

Elle me dit : « Bientôt les temps sont révolus,

Et lorsque je serai vieille et sans renommée,

Vous aurez oublié que, jeune, je vous plus. »

Et je lui répondis : « Si je ne t'aimais plus,

Je t'aimerais encor pour t'avoir tant aimée.

Ce n'est pas un tel soin qui m'atteint et me suit :

Nos ans coulent ensemble ; entre nous tout est nôtre ;

Un souci plus réel en mon cœur se produit :
C'est que l'un de nous deux doit mourir avant l'autre. »

❀

Sur une branche de cytise
Deux insectes n'en faisaient qu'un.
Par ma faute, par ma sottise,
Je brisai le lien commun ;
Et j'entendis que d'un ton triste
Les divorcés disaient entre eux :
« De quel droit ce vieil égoïste
Sépare-t-il deux amoureux? »

❀

En voyageant, nous avons vu
Un bonhomme d'étrange espèce,
Un casse-noisette pourvu

De deux yeux en délicatesse.

Nous avons ri, nous avons ri!

Mais, grand Dieu! que viens-je d'apprendre?

Il est malheureux et souffrant;

Il conduit ses deux fils à Rome;

L'un est prêtre, l'autre est mourant...

Et nous avons ri de cet homme!

※

Cent soixante-dix-huit musiques ou fanfares,

Cuivres et bois tournés en des formes bizarres,

Quatre-vingts orphéons de quatre-vingts chanteurs,

Vingt mille exécutants, deux cent mille auditeurs,

Des drapeaux, des pétards! Que d'yeux et que d'oreilles,

De brocs et de tonneaux, de bocks et de bouteilles!

Deux jours de bacchanal, deux nuits de carnaval:

Voilà ce qu'on appelle, en Flandre, un Festival!

Vous connaissez bien celui

Qui s'apprécie et qui s'aime,

Fort sévère pour autrui,

Fort indulgent pour lui-même ?

Mais connaissez-vous celui

Qu'on apprécie et qu'on aime,

Fort sévère pour lui-même,

Fort indulgent pour autrui ?

꘎

On dit qu'à Barbentane, un jour, tous les barbiers,

Trouvant leur salaire modique,

Enfermèrent rasoirs et plats et tabliers,

Et fermèrent aussi boutique.

Furent bien obligés, paysans et bourgeois,

De remplacer ces bons apôtres ;

Et c'est depuis ce temps que les Barbentanois

Se rasent tous les uns les autres.

Où que je sois, toujours j'aime à m'orienter,

Aussi bien outre-mer qu'en Espagne ou qu'en Gaule,

Je cherche le rayon que devra projeter,

A l'heure de midi, mon ombre vers le pôle.

Hier, dans le palais où se bâclent nos lois,

D'un spectacle nouveau ma tête fut troublée :

Vingt soleils me faisaient vingt ombres à la fois,

Et je ne pus trouver le nord de l'assemblée.

L'homme dit au pommier : « Pourquoi fais-tu des pommes ?

— Ma foi, je n'en sais rien. Eh bien, vous autres hommes,

Pourquoi tant de tracas, d'intrigues, de discours,

De mensonges souvent, de préjugés toujours,

De crimes quelquefois ?... Au moins pour moi, le pire

Qui puisse m'arriver, c'est de ne rien produire. »

Le maître, le Dieu va, suivi de ses apôtres,

Tous de grands encensoirs également ornés.

Le chef, le bénisseur, bénit d'abord les autres ;

Et puis les encensoirs, contre lui retournés,

Le visent à la tête et lui cassent le nez.

∞

Le général Sacripanpan

Fait la roue à l'instar du paon.

Ne croyez pas qu'il désavoue

Cette noble comparaison.

Général, vous avez raison :

Le dindon fait aussi la roue.

∞

Je connais un propriétaire

Qui n'habite pas sa maison ;

Dans une autre il est locataire.

C'est un homme plein de raison :

En qualité de locataire,

Il veut voir les loyers baisser ;

Mais, en tant que propriétaire,

Il voudrait bien les voir hausser.

❌

C'est un ressouvenir de la vingtième année,

Dans le quartier latin, alors qu'il existait.

Pour un jour, pour toujours, elle s'était donnée

Comme un billet échu, sans terme et sans protêt.

Cela dura longtemps. Combien ? — Ah ! je l'ignore ;

Tant que le cœur m'en dit, ou tant que je lui plus.

Comment ça débuta, je m'en souviens encore ;

Mais comment ça finit, je ne m'en souviens plus.

8

Homme du jour, homme d'un jour,

Sois plus modeste ou moins crédule ;

On t'aime, on te choie, on t'adule ;

Toute femme te fait la cour.

On dit : « Quel esprit, quelle grâce ! »

Prends garde à la mode qui passe,

Homme du jour, homme d'un jour.

❦

Les maris m'ont toujours fait rire,

Au moins lorsque j'étais garçon.

Je passais ma vie à redire

Le refrain de cette chanson :

« Les maris me font toujours rire. »

Mais mon penchant pour la satire

S'est quelque peu modifié :

Les maris ne me font plus rire

Depuis que je suis marié.

Une feuille de chou, c'est, dit-on, un journal
Sans style et sans portée, inutile, banal
      Et quelquefois vénal.
Feuille de chou? Non pas! Il faut changer la glose:
Car la feuille du chou, c'est bon à quelque chose.

            ☖

    Ainsi tu persistes à croire
    Que la terre et l'air et le ciel
    Ont été créés pour ta gloire,
    Homme vain et matériel?
    Ainsi ces planètes sans nombre,
    Globes errants au tien pareils,
    Ces étoiles qui chassent l'ombre,
    D'autres terres, autres soleils,
    Tout serait fait en ce bas monde
    Pour te distraire un tant soit peu,

Esprit insolent, corps immonde,

Qui prétends ressembler à Dieu !

⚹

On peut tout dire en quatre mots :

Par un mot on fonde un empire ;

Par deux mots on peut le détruire :

Tout consiste dans l'à-propos.

On peut tout dire en quatre mots ;

Mais j'en ai mis sept pour le dire.

⚹

Plus d'un directeur de théâtre

Prétend jouer au souverain.

C'est un personnage d'albâtre

Posé sur un socle d'airain.

Il se dit : « Ma gloire est complète ;

Je règle le sort des humains.

J'ai Paris entier dans ma tête

Et la France dans mes deux mains.

Je ferais ma fortune à Rome,

Comme à Londres. » Mais un matin

Il fait faillite, et le grand homme

N'est plus qu'un vulgaire crétin.

Certes, j'ai quelquefois péché, je le confesse,

Par manque de courage, indolence, paresse,

Négligence envers ceux ou celles que j'aimais.

En amour, j'ai failli souvent à ma promesse,

Mais à la loyauté, mais à l'honneur, jamais !

J'admets que j'aie une maîtresse

Et que j'en sois très amoureux :

8.

Pour accentuer ma tendresse,

Je voudrais être généreux :

Je lui donnerais, je suppose,

Cent francs par mois. C'est peu ; mais quoi ?

Si je voulais doubler la dose,

Il ne resterait rien pour moi.

Or la chanson est ma maîtresse,

Seule, dernière ; et je peux bien,

Pour la tirer de la détresse,

Donner la moitié de mon bien.

❦

« O femme, fais de ma fortune

Ce qu'il te plaira d'ordonner ;

Mais ne regarde pas la lune,

Je ne saurais te la donner. »

Cri du cœur, mouvement de l'âme

Qui me fait rêver à mon tour :

Quelle pouvait être la femme
Qui fut digne d'un tel amour?

⚭

« Beau voyageur, s'il faut t'en croire,
Te voici partant pour la gloire,
La fleur de popularité.
— Oui, certes, c'est la vérité.
Je suis l'idole de la France.
— Garde cette mâle assurance ;
Mais prends un billet de retour.
Il est des fleurs qui n'ont qu'un jour. »

⚭

Le marteau disait à l'enclume :
« Vous n'avez pas douceur de peau.
— Vous n'avez pas douceur de plume,

Répondit l'enclume au marteau.

— Et moi, dit le clou, mes confrères,

Croyez-vous que mon sort soit beau

De vivre entre deux adversaires,

Entre gendres et belles-mères,

Entre l'enclume et le marteau ? »

ᗡᗡᏣ

Je suis satisfait de mon sort,

Et j'attends doucement la mort.

Pourtant j'aurais bien quelque envie

D'être... mais non, je suis peureux ;

Je crains, si j'étais trop heureux,

De tenir par trop à la vie.

ᗡᗡᏣ

« Dis-moi, Rastaquouère,

Es-tu bon chrétien ?

— Je suis Bohémien ;
Je crois ce qu'ont cru mon père et ma mère.
—A quoi croyaient-ils ?—Ils croyaient... à rien. »

༺༻

Il fut trop heureux en affaires ;
Ses entreprises trop prospères
L'ont fait exigeant à l'excès ;
Les réussites ordinaires
Lui paraissent des insuccès.
Le moindre obstacle l'indispose ;
Un seul retard a quelque chose
De neuf, d'amer et d'irritant.
C'est toujours la feuille de rose
Qui blesse la peau du sultan.

༺༻

« Messieurs, nous allons tout changer,
Dit toujours le nouveau ministre ;

Mon prédécesseur passager

N'était, à vrai dire, qu'un cuistre.

Nous ne laisserons rien debout ;

Vous verrez la métamorphose ! »

Et l'on ne change rien du tout,

Et c'est toujours la même chose.

⚭

Deux bœufs sont attelés ensemble :

Même joug et même aiguillon.

Ils tracent le même sillon ;

Tout les unit, tout les rassemble.

S'ils sont amis, c'est pour le mieux ;

Mais s'ils ne le sont pas, grands dieux !

Quel supplice ! et que vous en semble ?

⚭

Un homme voulut être opulent. — Il le fut ;

Être amant, être époux. — Il le fut, il le fut ;

Avoir des dignités, des titres. — Il en eut ;

Des honneurs, de la gloire. — Il en eut, il en eut ;

Avoir tous les bonheurs d'ici-bas. — Il les eut.

Enfin, il voulut être immortel. — Ah ! mais *zut !*

∗

Pour peindre une femme, ou plutôt la femme,

Un peintre, dit-on, prit à l'arc-en-ciel

Les rayons divers de toute la gamme,

Tous ceux de l'esprit, du corps et de l'âme :

Un seul y manqua... Je ne sais lequel.

∗

Mon ami féminin m'accuse

De l'avoir appelé *Crampon.*

Oh ! non, sur le terme il s'abuse :

J'ai dit tout simplement *Harpon.*

Même chicane au mot *Harpie :*

J'ai dit tout simplement *Chipie.*

Dodo veille toujours sur l'honneur de sa femme ;

Mais c'est un endormi comme on n'en connaît pas.

Il doit ronfler la nuit, n'est-il pas vrai, Madame ?

Puis il fait une sieste après chaque repas.

Dodo veille toujours sur l'honneur de sa femme.

❀

Ils sont associés pour faire le commerce :

L'un tient le livre Avoir, l'autre le livre Doit.

Le premier verse,

Le second boit :

Ils sont associés pour faire le commerce.

❀

« Bœuf, mon ami, comment te portes tu ?

— Bien, je commence une heureuse vieillesse,

Mon maître a pris en pitié ma paresse ;

Je ne suis plus ni piqué ni battu.

Je ne fais rien ; je rumine et j'engraisse.

— Mon pauvre ami, montre moins d'allégresse :

Bœuf qu'on engraisse est près d'être abattu. »

❀

Les deux joueurs sont en présence :

Le ponte ici, là le banquier.

Si l'un des deux a plus de chance,

Ce n'est certes pas le premier.

Mais qu'une fois elle s'écarte

Au profit du ponte alléché,

C'est celui qui tenait la carte

Qui prétend que l'autre a triché.

❀

N'irons-nous plus au bois ?

Notre siècle qui passe

A-t-il perdu la grâce ?

9

A-t-il perdu la trace

Qu'il suivait autrefois?

Notre corps, sa souplesse?

Notre esprit, sa jeunesse?

Notre cœur, sa tendresse?

N'irons-nous plus au bois?

꘠

Est-il commis un crime, une action infâme?

« Cherchez la femme ! »

Voilà ce qu'on disait autrefois au Palais.

Arrive-t-il un malheur à la France,

Libre-échange, traité, grève, émeute, souffrance?

« Cherchez l'Anglais ! »

꘠

Les artistes sont gens à l'orgueil condamnés.

On a beau leur casser l'encensoir sur le nez,

Ils trouveront toujours, ou qu'on les rapetisse,

Ou qu'on ne leur rend pas suffisante justice.

Un peintre bien connu me montrait ses tableaux.

Je dois en convenir, je les trouvais très beaux.

Je voulus lui servir la plus forte louange

En citant Titien, Velasquez, Michel-Ange,

Raphaël... Je pensais le saturer de miel.

Or, j'ai su qu'il allait partout disant : « J'ignore

Le mal que j'ai pu faire à ce monsieur Pandore :

Il me compare à Raphaël ! »

Passer sa vie en voyageant,

Tant qu'on a la jambe et l'argent,

Faire aller l'une et rouler l'autre,

Tant qu'on a la jambe et l'argent,

Passer sa vie en voyageant,

C'est mon désir. Est-ce le vôtre ?

On ne croit plus à rien, on ne croit plus aux fées,

De titres, de valeurs, les têtes sont coiffées.

Adieu, récits du soir, contes roses et bleus !

On ne voyage plus aux pays fabuleux,

Dont la géographie avec exactitude

N'a pu, dans aucun temps, fixer la latitude.

Qui donc s'embarquerait au hasard du chemin,

Sans boussole, sans guide et sans carte à la main ?

Les têtes aujourd'hui sont autrement coiffées :

On ne croit plus à rien, on ne croit plus aux fées.

⚭

« Votre poète vous adresse

Une épître chaque matin ;

Il a le cœur plein de tendresse

Et son dévouement est certain.

Mais ses vers sont bien misérables :

Parlez, vous qui les connaissez.

— Je trouve toujours admirables
Les vers qui me sont adressés. »

❊

Après sa mort, Raymond fut mis en terre.
Un poète gagé grava sur son tombeau :
« Ci-gît Raymond, bon époux et bon père;
Il fut juste, il fut grand, il fut fort, il fut beau,
Il fut... » L'auteur signa son œuvre avec paraphe.
Par un miracle, ou je ne sais comment,
Le mort revint à vie et lut son épitaphe...
Jugez de son étonnement !

❊

Quand il était presque indigent,
Il ne songeait guère à l'argent.
Maintenant qu'il est presque riche,

9.

L'appétit lui vient en mangeant :

Il taille, il tond, il rogne, il triche

※

Spirituel ;

Mais superficiel,

Oubliant que l'essentiel,

C'est la justice et la justesse,

L'à-propos, la délicatesse ;

Prononçant *ab hoc et ab hic*

Sur le Chic et le Copurchic,

Lançant à faux ses épigrammes,

Faisant souvent rougir les femmes,

Perdant un ami pour un mot,

Bref, pire qu'une bête : un sot.

※

Quel doit être l'effroi de ce pauvre Félix !

Les journaux dénoncent sans voiles

L'adultère de madame X.

Avec monsieur de Trois Étoiles.

Quel doit être l'effroi de ce pauvre Félix !

∂ℭ

La linotte s'est envolée,

Elle me plut et je lui plus ;

Comme elle était venue elle s'en est allée.

Vers quel pays sa course ailée ?

Je n'en sais rien, elle non plus.

Pour combien de temps envolée ?

Elle n'en sait rien, moi non plus.

Reviendra-t-elle désolée ?

Je n'en sais rien, elle non plus.

Restera-t-elle consolée ?

Elle n'en sait rien, moi non plus.

Comme elle était venue elle s'en 'est allée.

« Vous avez fait la cour à madame Victoire,

Disait X à double X ; c'est certain, c'est notoire.

— Alors, dit celui-ci, puisque j'en ai la gloire,

Autant en avoir le profit. »

Ce qu'il n'avait pas fait jusqu'alors, il le fit.

Tous les grands hommes ont un compte

(Voilà Voltaire qui remonte)

Etabli sur le tant pour cent

(Voilà Voltaire qui descend).

Si le progrès n'est pas un conte

(Voilà Voltaire qui remonte),

Si l'esprit va s'appauvrissant

(Voilà Voltaire qui descend).

La justice devient plus prompte

(Voilà Voltaire qui remonte) ;

Mais on opprime l'innocent
(Voilà Voltaire qui descend).

卐

C'est une beauté souveraine ;
C'est la déesse, c'est la reine ;
Sa taille est formée à plaisir
Pour les yeux et pour le désir ;
Puis elle est bonne autant que belle,
« Cette femme a donc tout pour elle ?
— Non, me répond un envieux :
Elle n'a pas d'esprit... — Tant mieux ! »

卐

Autrefois le château protégeait le village.
La bonne châtelaine avait pour apanage

De pourvoir à tous les besoins

Des paysans du sol, des mendiants nomades ;

De donner tous ses soins

Aux femmes, aux enfants, aux vieillards, aux malades.

Que ces gens devaient être heureux ! — Heureux ? non pas.

Il leur manquait le bien le plus grand d'ici-bas,

Qui dépasse l'argent, la paix et l'abondance :

L'indépendance !

Je cheminais dans une allée.

Un oiseau dans l'arbre caché

Avec fracas prend sa volée

Et m'indique son nid perché.

Il croyait, pauvre créature,

Avoir excité mon courroux.

Nous pensons tous que la nature
Ne doit s'occuper que de nous.

❍C

L'été venu, le rossignol muet
Sous les buissons fuit honteux, inquiet,
Nid déserté, famille dispersée.
Le rossignol ne chante pas toujours ;
Sa pleine voix n'est que pour ses amours,
Et des amours la saison est passée.

❍C

Fi du poète méthodique
Qui produit chaque jour,
Horloge mécanique,
Son double tour !
Poésie,

Fantaisie,

Caprice du vent et de l'air ;

Éclair !

X

J'attaque l'esprit de mon adversaire :

Mais dans son honneur mon cœur le défend.

Au moment où part ma flèche légère,

Je songe qu'il peut, fils, perdre son père,

Et que, père, il peut perdre son enfant.

X

Elle était belle comme un cœur ;

Mais, selon l'adage moqueur,

Tout passe.

Comme un insensé je l'aimais ;

Peut-être m'aima-t-elle ; mais

Tout lasse.

Le fil s'était si bien usé

Qu'en fin de compte il s'est brisé :

Tout casse.

Autrefois un seul fil de laine

Occupait deux mains d'ouvrier ;

Hier, on inventait un métier

Pour en filer une centaine

Qui sera demain un millier.

Est-ce à dire que le salaire

Pourra manquer aux travailleurs ?

Non ; la nature tutélaire

Trouvera leur pâture ailleurs.

Vous admirez cette incidence

Sans vouloir aller au delà.

Comment expliquez-vous cela

Miettes poétiques. 10

Si vous niez la Providence?

Si vous y croyez, nommez-la.

❄

Le curé parlant à l'église

Du petit nombre des élus,

Que croyez-vous que chacun dise?

« Mon Dieu, je ne le ferai plus. »

Chacun ajoutait en soi-même :

« Je cherche sans l'avoir trouvé

Ce chrétien, ce juste suprême

Qui mérite d'être sauvé.

Certes, ce n'est pas ma voisine

Ni davantage mon voisin,

Ni le mari de ma cousine,

Ni la femme de mon cousin.

Partout, chez tous l'erreur abonde;

En vérité, je vous le dis,

Je ne vois que moi dans ce monde

Qui doive aller en Paradis. »

℃

Quand je songe que jadis

Elle était assez jolie !

Nous étions sept, huit, neuf, dix,

Qui l'aimions à la folie.

Les autres, en ricanant,

M'ont abandonné l'empire,

Et moi seul ai maintenant

Les ruines de Palmyre.

℃

La caisse est petite, petite ;

Elle s'épuise vite, vite ;

Mais il en faut si peu, si peu,

Pour nourrir l'oiseau du bon Dieu.

Elle peut toujours d'un trouvère

Remplir le verre ;

Et pour le chansonnier,

Elle aura toujours un denier.

L'arbre est chargé de fruits sans nombre.

L'homme s'arrête sous son ombre

Et lui dit : « J'admire vraiment

Quelle doit être ta fatigue

Pour un pareil enfantement !

Tu t'épuises, pauvre prodigue. »

L'arbre répond : « Détrompe-toi ;

Comme tu respires je pousse,

Sans travail, effort ni secousse,

Sans savoir comment ni pourquoi.

Mes fruits, presque exempts de culture,

Sont estimés bons ou mauvais.

La besogne est à la nature ;

Moi, je ne travaille jamais. »

ᴓᴓ

A nul engagement Liber n'a consenti ;

A nulle opinion il ne s'est converti :

Il est de son pays, et non de son parti.

ᴓᴓ

On s'incline sur son passage ;

C'est un arbitre, c'est un sage.

Peu de dehors assurément ;

Mais quel tact et quel jugement !

10.

Dès longtemps chacun et chacune
Ont prédit sa haute fortune.
Regardez passer, le voici :
L'homme à qui tout a réussi.

Un beau jour, la tempête éclate ;
Le bonheur s'est cassé la patte,
Et le héros, l'homme aux gros sous,
Est dans le troisième dessous.
Il mourra pauvre et plein de honte.
Or, comme c'est la fin qui compte,
Regardez passer, le voici :
L'homme à qui rien n'a réussi.

❋

L'Anglais est pratique, égoïste ;
Le Russe, fier et vaniteux ;
L'Allemand, brutal, glorieux ;

Le Suisse, bon, brave, aubergiste;

Le Belge, lourd, laborieux;

Le Hollandais, fumeur, fleuriste;

L'Autrichien, long, précieux;

L'Italien, malicieux,

D'autres disent astucieux;

Le Danois, parcimonieux;

L'Espagnol, noble, sérieux;

Le Suédois, mystérieux;

Le Turc, grave, silencieux:

Bref, s'il faut chercher dans les hommes

Les instincts bons ou vicieux,

Français, convenons que nous sommes

Francs, légers et présomptueux.

ↃᕼC

DOUBLE DÉROULÈDE

Déroulède le valeureux,

Déroulède le généreux,

L'aventureux,

Le dangereux,

Le téméraire.

Déroulède se faisant vieux,

Déroulède judicieux,

Mystérieux,

Silencieux

Et sédentaire.

SOUHAIT

Que voulez-vous? j'aime la rose.

Je ne désire qu'une chose :

Ce n'est pas la fortune. — Oh! non.

Ce n'est pas la grandeur. — Oh! non.

Ce n'est pas le pouvoir. — Oh! non.

Ce n'est pas une femme, — oh! non,

Pour avoir une fille, — oh! non,

Afin d'avoir un gendre. — Oh! non!

Je ne désire qu'une chose :

Un rosier qui porte mon nom.

PAULO MAJORA

Je ne sais rien et je veux tout connaître.

Mon vague instinct que j'appelle Raison

Veut remonter aux sources de mon être

Et dépasser le dernier horizon.

Dans un désert sans bornes je m'engage,

Cherchant la fin et le commencement.

Oiseau captif confiné dans ma cage,

Je veux plonger au fond du firmament.

Je dis des mots que je ne puis comprendre :

Éternité, Dieu, le Ciel, l'Infini...

Et mon orgueil, qui veut tout entreprendre,

A chaque effort est confus et puni.

Être chétif, je rentre dans ma sphère,

Bornant ma vue à tout ce que je vois.

Mon Dieu, je fais ce qu'on me dit de faire;

Ce qu'on me dit de croire, je le crois.

LE SAUVEUR

Je me disais : « Qui donc sauvera le pays?

Qui viendra réparer ses désastres sans nombre,

Son trésor épuisé, ses intérêts trahis?

Qui donc relèvera le navire qui sombre?

Qui donc réprimera la fureur des partis,

La révolte des cœurs, les écarts de la plume,

Les féroces instincts, les sanglants appétits,

Le mépris du métier, la grève de l'enclume?

Le salut viendra-t-il du savant, du rhéteur,

Du tribun ou du fou, du soldat ou du prêtre,

D'en bas, d'en haut, du peuple ou du législateur ?

Mon œil à l'horizon ne voit rien apparaître ;

Rien du nord au midi, du matin au couchant... »

Comme j'en étais là de ma désespérance,

Je vis un paysan qui labourait son champ ;

Et je me dis : « Voilà le sauveur de la France. »

———————

LES PLAINTES DE LA TERRE

La Terre, un jour, dit : « Je m'épuise

En efforts constamment détruits.

A quoi sert donc que je produise

Les blés, les herbes et les fruits,

Si l'orage ou la sécheresse,

Si la gelée ou la chaleur

Doivent atteindre ma richesse

Dans la racine ou dans la fleur ?

Toujours, toujours, je recommence

Et mon labeur et mes combats.

Le Ciel a tué la semence :

> Tout vient d'en bas ! »

Le Ciel entendit cette plainte

> Et se ferma.

Toute lumière fut éteinte,

> Rien ne germa.

Alors la Terre, désolée,

D'un cri profond fit retentir

Les monts, la plaine et la vallée,

Cri d'angoisse et de repentir :

« O Ciel, ta vengeance est cruelle ;

Rends-moi tes bienfaits, tes fléaux,

L'hiver à la neige annuelle,

Le printemps aux rudes travaux.

Rends-moi la tempête suivie

De ton soleil fécond et chaud ;

Rends-moi la lumière et la vie.

Tout vient d'en haut ! »

———

LE KASHGAR

C'est bien fait, c'est bien fait ! Un homme de mon âge

Entreprendre tout seul un si lointain voyage,

S'en aller en Égypte et remonter le Nil

Jusqu'à sa source... Oh ! ça, non, *nihilum ! nihil !*

Celui qui m'attribue entreprise pareille

Est le journal *Petit Marseillais* (de Marseille).

Enfin je l'ai voulu, ce voyage, et cherché,

Et je suis bien puni par où j'ai bien péché...

Je suis sur le *Kashgar,* un assez bon navire,

Un des Oriental-Peninsular-Empire,

Naviguant de Venise à Suez, et portant

La malle... vous savez... des Indes : tout autant !

Je m'en vais passer là près de quatre-vingts heures

Dans ma cabine à part, aux places les meilleures.

Mais ils sont tous Anglais, ils se comprennent tous ;

Je suis le chien français égaré chez les loups.

Oh ! rien que d'y penser, je me sens tout malade.

Ma main, fort à propos, trouve la balustrade ;

Je me raidis en vain pour ne pas trébucher ;

J'entends qu'on se doit dire : « Il devrait se coucher ! »

Une femme de chambre, affreuse tête anglaise,

Ouvre ses deux claviers et rit de mon malaise.

Couchons-nous donc. Horreur ! Mon lit, le croira-t-on,

Est de cuir, et mes draps, mes draps sont de coton,

De coton mou, baveux : ah ! plutôt une bûche,

La terre, les cailloux, le rocher, que la pluche !

Je me disais, souffrant dans le chemin de fer :

« Tu souffriras bien plus quand tu seras en mer ! »

Ni couché, ni debout ! O destinée étrange !

Mais j'y pense : une amie a dit : « Pourvu qu'il mange ! »

Allons, c'est bien, il faut manger, c'est convenu.

Examinons d'abord la table et le menu :

La soupe, potion médicinale et noire,

Avec morceaux de chair, de quoi manger et boire.

Chaque mets est faussé, forcé, sucré, poivré,

Pimenté, picklésé, monté, dénaturé !

C'est comme la musique et la littérature.

Mon estomac n'est pas pour cette nourriture.

Et quand cela serait ? Il a le mal de mer,

Qu'on pourrait aussi bien appeler mal d'enfer !

Les mets à peine entrés sortiraient de ma bouche :

C'est horrible à penser. Il faut que je me couche !

J'ai le corps à la gêne et la tête à l'envers ;

Mais je ne suis pas mort, puisque je fais des vers.

C'est égal, mes amis, ô mes amis de France

Que je parus quitter avec indifférence,

Le mal le plus cuisant, c'est d'être loin de vous.

Que le sol est solide et le rivage doux !

Allez, ne faites pas comme moi les bravaches,

11.

Et restez simplement sur le plancher des vaches.

Que si vous négligez mes conseils, laissez-les ;

Mais ne naviguez pas sur un navire anglais !

———

SUR LA MUSIQUE

Musique, art sensuel, art sublime, art facile,

Art heureux dont le Ciel à plus d'un imbécile

    A fait le précieux présent,

Simple inspiration ou divine aptitude

Qui ne demande pas le travail ni l'étude,

    Je t'adore en te méprisant.

Chez toi l'esprit se cache et n'a rien à prétendre.

L'écrivain doit savoir, le peintre doit apprendre,

    Et le sculpteur doit être fort.

Plus d'un compositeur négligea l'harmonie ;

C'est peut-être, après tout, le comble du génie
Que de produire sans effort.

Mais la création appartient au poète ;
Seul il a su tirer un sujet de sa tête ;
Il a fait et remanié
Ses scènes, ses héros, son texte, sa plastique,
Et, lorsque sont les vers écrits pour la musique,
La musique est faite à moitié.

C'est au compositeur que va toute la gloire ;
C'est son œuvre, son nom, qu'acclament l'auditoire
Et les livres et les journaux.
Shakspeare n'a donc pas fait *Hamlet,* je suppose.
Gœthe ne serait rien, et Scribe est peu de chose
Dans *Faust* et dans *les Huguenots?*

Cette injustice enfin me lasse et me révolte,
De voir que tout esprit t'apporte sa récolte,
Art secondaire, art ignorant.

Et pourtant je me sens emporté sur ton aile,

Et, semblable à l'amant d'une femme infidèle,

Je te méprise en t'adorant !

———

UN PEU DE POLITIQUE

Or donc je suis un bonhomme vulgaire,

Borné de sens et dépourvu de goût.

D'opinions, ma foi, je n'en ai guère,

Et je n'ai pas de principes du tout.

J'ai tout au plus de vagues sympathies

Pour les vieux chefs qui devraient nous guider.

J'entends les voix qui d'en haut sont parties,

Et j'obéis, ne sachant commander.

Les questions soi-disant sociales

N'entrent pas bien dans mon cerveau trop lourd.

Je n'ai pas fait d'études spéciales ;
Je suis muet pour avoir été sourd.

La politique est l'art par excellence
Qui réunit toutes les facultés.
Il faut avoir une rare insolence
Pour aspirer à ces sublimités :

L'esprit humain, la morale, l'histoire,
Le droit des gens, Barême avec Cujas,
Machiavel avec l'art oratoire,
Le point, la quinte et le quatorze d'as !

Qu'ils sont heureux, les gens des grandes villes,
Lyon, Marseille, Avignon et Paris !
Tous orateurs, tous légistes habiles,
Tous sachant tout sans avoir rien appris !

Là, vous voyez épiciers, liquoristes,
Pharmaciens, ouvriers, artisans,

Morigéner les lettrés, les artistes,
Les bons bourgeois, les braves paysans.

Ils sont bien faits pour gouvern er les hommes,
Ces tyranneaux, ces voyous oppresseurs,
Qui vont disant : « Faites place ! nous sommes
Les Souverains et les Libres-Penseurs ! »

———————

VERS RETROUVÉS

A une vieille Amie qui fut jeune en 1840.

J'ai retrouvé ces vers écrits en ma jeunesse ;
Ils étaient faits pour vous, mais avaient le défaut
De ne pouvoir encore aller à leur adresse :
    Vous les auriez reçus trop tôt.

« Vous êtes une enfant, et je vais être un homme ;
La Nature pour vous épuisera ses dons.

Nous avons, vous treize ans, moi dix-neuf. Je me nomme
Attente, vous Espoir. Espérons! Attendons!

« Pour lire dans vos jours mon esprit se recueille;
J'en voudrais deviner le nombre et la valeur.
Vous êtes un bourgeon, vous deviendrez la feuille;
Vous êtes un bouton, vous deviendrez la fleur.

« Vous serez frais lilas ou douce primevère,
Ou rose, ou bien encor, si vous le préférez,
La chaste violette ou bien le lis sévère;
Vous serez, en un mot, la fleur que vous voudrez.

« Si vous êtes un fruit, vous serez la cerise
Ou le raisin aux tons purpurins ou dorés,
La fraise savoureuse ou la grenade grise;
Vous serez, en un mot, le fruit que vous voudrez.

« Que vous soyez cerise ou rose, lis ou fraise,
Grandissez, attendons un jour à votre gré.

J'aurai vingt ans bientôt et vous en avez treize,

Vous m'aimerez peut-être et je vous attendrai. »

— Voilà ces vers écrits, Madame, en ma jeunesse :

Je les ai retrouvés ce matin par hasard.

C'est bien innocemment que je vous les adresse,

    Car vous les recevrez trop tard.

ÉPIGRAMME

    J'accomplis votre vœu bizarre :

    Je vais allumer un cigare,

    Madame, et, tant qu'il durera,

    Je célébrerai vos mérites,

    Vos perfections... émérites,

    Vos traits, vos yeux *et cætera.*

    Tant qu'il durera, mes pensées

    Vous seront toutes adressées ;

J'énumérerai vos appas

Et votre grâce intérieure.

Tant de choses dans un quart d'heure,

C'est trop et trop peu, n'est-ce pas?

Mon luth chantera les merveilles

De vos qualités sans pareilles

Dont on n'avait jamais parlé.

Il saura dissiper les voiles

Qui veulent cacher les étoiles

Dont votre ciel est constellé.

Mais, à la dernière bouffée,

Vous cesserez d'être ma fée.

Qui mal y pense soit honni!

C'est bien convenu? Je commence...

Diable! vous n'avez pas de chance,

Voilà mon cigare fini.

———

LE CONTE OUBLIÉ

Je voudrais vous redire un conte

Qui jadis m'a paru charmant.

Si vous en jugez autrement,

Voyez quel sera mon décompte.

Je vais, narrateur imprudent,

Entreprendre une longue histoire,

Sans être sûr de ma mémoire.

Je me rappelle cependant...

Que c'était une femme aimée

Qui me l'apprit par un beau jour.

Sa voix semblait un chant d'amour,

Sa parole était embaumée.

Et mes esprits irrésolus

Allaient, malgré moi, devers elle.

Je dis ce que je me rappelle;

Vous ne pouvez demander plus.

Il était autrefois un pâtre
Qu'une fée aimait en secret...
Ah! c'en était une en effet :
Ses cheveux sur son front d'albâtre...
Mais que vous dis-je là ? Je veux
Faire le portrait de la fée :
Or, elle n'était pas coiffée,
N'ayant pas couleur de cheveux...
Je reprends. Où donc en étais-je ?
J'y suis... mais non, je n'y suis plus.
Passons les détails superflus.
Un jour... non, une nuit... J'abrège
Pour arriver au dénouement...
Eh bien, je l'avoue à ma honte,
Je ne sais plus un mot du conte ;
Je me rappelle seulement...

Que c'était une femme aimée
Qui me l'apprit par un beau jour.

Sa voix semblait un chant d'amour,

Sa parole était embaumée.

Et mes esprits irrésolus

Allaient, malgré moi, devers elle.

Voilà ce que je me rappelle ; -

Le reste, il ne m'en souvient plus.

———

LE VIRUS

Le bon Dieu dit un jour : « Dans mon vaste univers

Je vois une infime planète,

Une miette

Où se trouvent groupés cent atomes divers.

J'y veux choisir un point imperceptible

Dont je ferai le pays des heureux :

France sera vaillante, indestructible

Et perfectible ;

Français seront aimables, généreux

Et valeureux

Plus qu'aucun peuple de ce monde.

Leur gloire sera sans seconde. »

Satan bondit de rage : « On ne peut empêcher,

S'écria-t-il, l'effet d'un arrêt despotique ;

Mais contre les Français je vais me revancher

En leur inoculant le virus diabolique. »

Ce disant, il lâcha sur eux la Politique.

C'est depuis lors que, grâces à Satan,

La France et les Français se sont divisés en :

Monarchistes, Opportunistes,

Communistes, Bonapartistes,

Anarchistes, Légitimistes,

Nihilistes, Orléanistes,

Socialistes,

Positivistes,

Collectivistes,

Possibilistes,

Et les autres rimes en *istes*,

En attendant les Impossibilistes.

LE MÉLOPHOBE

FUGUE DE NICE

Adieu, je pars! Le noir destin

M'a frappé d'une maladie

Qui vient du grec et du latin,

Du diable aussi, c'est bien certain.

Et qu'on nomme *Musicalgie*

Ou bien plutôt *Mélophobie* :

C'est le délire musical,

C'est l'universel bacchanal,

Oral, vocal, instrumental,

Et dans tous les cas infernal,

Qui s'est abattu cette année

Sur notre rive fortunée

A tous les plaisirs destinée

(Je devrais dire condamnée).

Oui, ces tapeurs, grinceurs, racleurs,

Raseurs, pleureurs, crieurs, gêneurs,

Ont enfoncé dans mes oreilles

Des sonorités sans pareilles,

Trois temps, quatre temps, contre-temps,

Trios et quatuors battants,

Concertants et déconcertants !

Quoi ! Je devrai toujours entendre

Cet orgue toujours d'Alexandre,

Ce piano toujours d'Érard,

Ce violon toujours criard,

Cet alto toujours nasillard,

Ce larmoyant violoncelle,

Moitié vielle, moitié crécelle,

Qui me tiennent abasourdi,

Tout alourdi, tout étourdi ;

Au moins une fois le lundi,
Une fois ou deux le mardi,
Deux ou trois fois le mercredi,
Trois ou quatre fois le jeudi,
Quatre ou cinq fois le vendredi,
Cinq ou six fois le samedi ;
Et la tapageuse avalanche
N'a pas le respect du dimanche.

Comme les politiciens
Dégoûtent de la politique,
De même les musiciens
M'ont dégoûté de la musique.
Je n'en veux plus, je n'en veux plus !
Ce que c'est pourtant que l'abus !
Eh quoi ! la musique elle-même !
O Polymnie, ô toi que j'aime,
Me pardonnes-tu ce blasphème ?

On prétend que les confiseurs,
Quand ils prennent des employées,

Jeunes personnes peu payées,

Pour achalander leurs douceurs,

Les accablent de sucreries,

De fondants, de pralineries,

Marrons et chocolateries.

Cette constante absorption

Va jusqu'à la profusion

Et pousse à l'indigestion;

De sorte que ces pauvres filles

Passent à l'état de pastilles,

Et prennent en aversion

Cette échauffante nourriture.

Eh bien, moi, je suis saturé

De musicale confiture;

J'en ai le pylore écœuré,

J'en ai l'estomac ulcéré,

Bonbonné, brûlé, délabré,

Finalement indigéré.

Il faut, il faut que je m'insurge,

Que de bas et haut je me purge.

Je veux aller par monts, par vaux,

Entendre les bœufs et les veaux,

Le hennissement des chevaux,

Les bruits de l'air dans la ramure,

Les pinsons dans les aubépins,

L'orgue du vent dans les sapins,

Le hanneton dans la verdure ;

Je veux aller, loin des humains,

Écouter par les grands chemins

Ta grande chanson, ô Nature !

A SARAH BERNHARDT

O Sarah, Sarah, qu'ai-je appris ?

Vous écrivez !... Je vous écris.

Vous allez supposer sans doute

Que dans la coupe de cristal

Où vous buvez le vin fatal

Je veux aussi verser ma goutte?

Mais non : de vos admirateurs

La troupe est assez abondante.

Dans le concert de vos flatteurs

Il faut une voix discordante.

Les succès, vous les avez tous.

Depuis dona Sol jusqu'à Phèdre,

Depuis l'hysope jusqu'au cèdre,

Tout est pour vous, tout est à vous.

Au monde, aux salons, aux théâtres,

Vous n'avez que des idolâtres,

Des envieux ou des jaloux.

Vous êtes d'un aplomb superbe ;

Vos deux bras n'ont-ils jamais craint

De justifier le proverbe :

« Qui trop embrasse mal étreint? »

Vous êtes peintre, statuaire,

Femme, artiste, millionnaire.

Combien donc avez-vous de mains. .

(Je ne veux parler que des vôtres)?

Vous encombrez tous les chemins;

Il ne reste rien pour les autres.

Les acteurs de tout acabit,

Les peintres de toute palette,

Les sculpteurs de toute maquette,

Lorsque vous prenez leur habit,

N'ont plus qu'à se brosser... la tête.

Mais tout cela n'était qu'un jeu.

Voici le fort, voici le pire :

Sarah, vous vous mêlez d'écrire;

Vous allez être cordon bleu...

Non, c'est bas-bleu que je veux dire.

Le reste était vraiment trop peu.

Bref, il ne manque à votre gloire

Que d'écrire un livre d'histoire,

De diriger l'Observatoire,

De régir le Conservatoire

Ou de faire un grand opéra ;

Cela viendra, cela viendra.

Vous pourrez être, chère amie,

Quatre fois de l'Académie.

Récapitulons, ô Sarah :

Vous avez l'art et la nature,

Vous êtes présente et future,

Vous accaparez la sculpture,

Vous entreprenez la peinture,

Vous tenez la littérature ;

Il n'y manque pas un seul *ture*.

L'HOMME AU POMMIER

Il était autrefois un homme

Qui cultivait un seul pommier.

Ce pommier n'avait qu'une pomme

Dont il se fit le jardinier.

« Je veux, dit-il, qu'on te respecte,

Fruit vert qui deviendras vermeil ;

J'éloignerai de toi l'insecte,

La grêle et le trop chaud soleil. »

En octobre, la pomme est mûre.

L'homme arrive en maître, en vainqueur.

Il la cueille, l'ouvre... O Nature !

Elle avait un ver dans le cœur.

POÈTES ET PIANISTES

Les poètes du jour sont comme les pianistes,

Le dernier qu'on entend est toujours le plus fort ;

Ce sont des charlatans et des équilibristes

Qui pèsent sur la note et tapent sur l'accord.

Fort! voilà bien le mot que le vulgaire admire.

Être fort, exploiter le clinquant et le bruit!

Entendons-nous pourtant : l'art est fait pour séduire;

Or, la force épouvante, et la grâce séduit.

Sur un sujet quelconque ils font des vers sublimes,

Cachant leur nudité sous un grand parasol,

Ils font des tours de force au-dessus des abîmes

Et dansent sur la corde à cent mètres du sol.

A l'un, peu de pensée, à l'autre peu d'idées :

C'est un jeu persistant de notes ou de mots;

Par le hasard leur tête et leurs mains sont guidées;

Ils soufflent dans la trompe et cassent des grelots.

Ils tourmentent l'esprit et percent les oreilles;

L'impossible leur plaît; le danger leur est doux.

Ils sont tous étonnants, ils font tous des merveilles;

Mais, étant tous parfaits, ils se ressemblent tous.

Lorsque j'entends un maître en cet art dérisoire,
Toujours je me demande avec anxiété
S'il descend du Parnasse ou du Conservatoire,
S'il porte son brevet et s'il est patenté.

Ce sont des combattants plutôt que des artistes,
Ils ont le front superbe et le verbe éclatant.
Les poètes du jour sont comme les pianistes,
Le plus fort est toujours le dernier qu'on entend.

Oh ! que j'aimerais mieux, puisqu'il s'agit d'artistes,
Celui qui, sans effort ni recherche d'effets,
Ferait des vers naïfs, et des chants gais ou tristes
Que chacun se croirait capable d'avoir faits !...

LE MAL PRÉSENT

Je n'oublierai jamais une époque assez bête,
Celle où toute la France avait le Diabète.
Les gens ne s'abordaient en ville qu'en disant :
« Je suis perdu ; j'ai trente ou quarante pour cent. »
Point n'était question de change ni de lucre :
On fixait seulement la quotité du sucre.
Les médecins ont eu de tout temps le talent
De faire naître à point un fléau circulant,
Sachant pertinemment que, s'il est à la mode,
Chacun voudra l'avoir durant la période,
Et qu'ils ont dans la main un moyen assuré
De guérir galamment un cas désespéré.
Nous avons eu jadis l'ère des poitrinaires,
Les toussants, les crachants, les valétudinaires,
Qui, près du sexe, avec leurs airs intéressants

13.

Dégottaient les communs, les gais et les puissants.

En autre temps, régnait avec même énergie

Le Rhumatisme ensuite appelé Névralgie.

Puis, d'autres noms nouveaux. Un jour on baptisa

Le rhume de cerveau du nom de Coryza;

Le rhume de poitrine eut sa vogue à la suite

Et dut se démarquer pour s'appeler Bronchite.

En haut, en bas, au centre, en long, large et travers,

On était tout vapeurs, tout humeurs et tout nerfs.

Une autre fois on eut Banting et sa légende,

L'embonpoint combattu par le vin et la viande.

Le patient pendant quelque temps maigrissait,

Et, peu de temps après, derechef engraissait.

Comme après la Pléthore il fallait l'Anémie,

Nous eûmes à son tour cette pâle ennemie.

Force fut d'enrichir par le soufre et le fer

Le sang du genre humain devenu pauvre et clair.

Puis des maux inconnus, des cures insensées,

Cent fléaux combattus par mille panacées.

L'imagination n'a jamais inventé

Quoi que ce soit passant notre crédulité.

Mais la plus sotte époque était, je le répète,

Celle où la France entière avait le Diabète.

LA PLUS GROSSE SOTTISE

« Quelle est la plus grosse sottise

Que l'homme ait subie ou commise?

— C'est... attendez, allons aux voix :

C'est la paix pour le militaire,

C'est la guerre pour le bourgeois,

Pour le marin l'air de la terre;

C'est la loi pour le malfaiteur,

La vérité pour le menteur,

Pour le citoyen l'anarchie;

Pour un tel la religion,

Pour l'autre l'irréligion,

L'impôt pour le propriétaire,

Le loyer pour le locataire,

Pour le traître la nation,

Pour le voyou la monarchie ;

C'est la baisse pour le haussier,

C'est la hausse pour le baissier,

Pour l'ouvrier la théorie,

Pour l'indifférent la patrie,

Le calme pour l'agitateur,

Le bruit pour le spéculateur.

« Pardi ! La plus grande sottise,

Je pourrais dire la bêtise,

S'écria le petit Marcel,

Je la connais bien, moi ! ma mère

Le dit tous les jours à mon père,

Surtout depuis qu'il n'est plus maire...

C'est le suffrage universel ! »

Il se fit un profond silence ;

Mais, en rentrant dans sa maison,
Plus d'un convint en conscience
Que le gamin avait raison.

———

GRANDS ET PETITS OISEAUX

Ils ont le large essor, ils ont le grand coup d'ailes,
Ces colosses de l'air, condors, aigles, vautours,
Qui planent longuement aux voûtes solennelles
Et mesurent la nue en leurs vastes contours ;
Tout cela seulement pour préparer la tombe
D'un simple rat des champs ou d'une humble colombe.
Tels sont ces enchanteurs, ces poètes géants,
Dédaigneux de la terre, accoutumés des cimes,
Dont l'envergure étreint les cieux, les océans,
Et qui poussent nos sens du vertige aux abîmes ;
Tout cela pour prouver à nos pauvres esprits

Qu'ils sont trop éthérés pour être bien compris.

Ah! plutôt la plume légère

Du troubadour ou du trouvère!

Et plutôt le petit oiseau!

Celui-ci, pinson ou moineau,

Ajustant son vol à son aile,

Arrive où son instinct l'appelle,

Et prend, subtil,

Son grain de mil.

———

HEUREUX AUTEUR

O Spectateur, ô Spectateur,

Vois cet homme au masque mobile,

Tour à tour maître et serviteur;

On applaudit sa verve habile :

C'est un acteur.

O grand Acteur, ô grand Acteur,
Quel est cet oiseau qui soupire
La romance du séducteur?
On l'aime, on l'encense, on l'admire :
C'est un chanteur.

O beau Chanteur, ô beau Chanteur,
Quel est là-bas ce pauvre hère
Sans feu, sans pain, sans éditeur?
Va-t-il donc mourir de misère?
C'est un auteur.

Allez, Acteur; allez, Chanteur :
Vous passerez comme la lettre
Passe dans les mains du facteur.
L'auteur vivra... vivra peut-être?
Heureux Auteur !

AUTOTHÉISTE

« C'est une force, l'égoïsme ;
Mais c'est trop peu, vraiment trop peu ;
Je vais créer l'autothéisme :
Je suis mon Dieu, mon propre Dieu.

« Oui, telle est ma libre pensée :
Je perçois le vaste horizon
Et n'ai de limite tracée
Que mon esprit et ma raison.

« A part le fait et la science,
Je ne connais nulle autre loi
Que mon humaine conscience,
Qui plaidera toujours pour moi.

« Je ne veux pas être un prophète :
Ce serait faire œuvre de foi ;
Je crois que la terre fut faite,
Sinon par moi, du moins pour moi.

« Le protestant, le catholique,
Le juif, le Chinois, l'Indien,
Ont une Bible, une relique,
Une légende ; moi, rien, rien.

« Je n'ai de guide que moi-même ;
Rien ne m'est cœur, loi ni pays ;
J'ai mis en moi tout ce que j'aime :
Je me commande et m'obéis.

« J'établis ainsi ma méthode :
Le Dieu doit régner sur les rois,
C'est simple, agréable et commode :
Pas un devoir et tous les droits !... »

14

« Mais, dira-t-on, si tu persistes,

Ta femme, ta fille, ta sœur,

Vont devenir autothéistes?... »

Qu'en penses-tu, libre penseur?

———

A UNE JEUNE MUSICIENNE

Ainsi donc, ma petite amie,

Vous étudiez l'harmonie,

Et vous voulez d'un art abstrait

Savoir le fond et le secret,

Comme une fillette occupée

A décarcasser sa poupée

Pour voir à quel genre appartient

La matière qu'elle contient.

Quand votre montre vous dit l'heure,

Croyez-vous la rendre meilleure

En la démontant, pour savoir

Quel insecte la fait mouvoir?

Il ne vous suffit pas, ma chère,

De chanter d'une voix légère

Et dramatique tour à tour

Les chants du ciel et de l'amour;

De jouer Chopin à merveille,

De charmer à ce point l'oreille

Qu'on vous prendrait à parité

Contre Diémer ou Planté?

Non, vous voulez en conscience

Grimper à l'arbre de science,

Si bien qu'entendant un morceau

Qui vous semblera grand et beau,

Au lieu de crier : « Admirable!

Splendide! idéal! adorable! »

Vous ne jugerez que l'effet

D'un travail correct et bien fait.

Sans plaisir, vous voudrez connaître

Quelle est l'intention du maître,

Savoir si ce sublime accord,

Qui vous étreint et qui vous mord,

S'appelle sixième augmentée

Ou septième diminuée ;

Si ce dièse mis au *sol*

N'en a pas fait un *la* bémol ;

Si les quintes font bon ménage

Avec celles du voisinage.

Vous corrigerez vos auteurs

Comme messieurs les professeurs.

Vous chercherez le difficile,

Le ténébreux et le fossile ;

Et puis, vous voudrez composer :

Qui connaît tout peut tout oser.

Puis enfin, pour suivre la pente,

Vous deviendrez une... pédante !...

Oh ! non, cela, jamais, jamais !

Car vous reviendrez désormais

Aux impressions naturelles,

Simples, naïves, personnelles;

Vous vous laisserez attendrir,

Prendre et toucher jusqu'à souffrir.

On n'analyse pas le charme,

Ni ce qui compose une larme,

Ni l'azur ni le vermillon

De la fleur ou du papillon,

Ni le cerveau, ni le génie.

Allons, laissez là l'harmonie,

Et surtout, surtout, point, point, point

De fugue ni de contre-point!

A E. LEGOUVÉ

A propos d'une dot, ami, je viens de lire
Le plus joli récit qui se puisse conter.
Je me suis tour à tour senti pleurer et rire :
Les larmes ont fini pourtant par l'emporter,
Car j'étais attendri devant cette pensée
Que tout n'est pas perdu dans un siècle moqueur,
Que la France peut être encore intéressée
Aux choses de l'esprit comme aux élans du cœur ;
Que notre nation, agitée et fiévreuse,
A besoin d'opposer quelques nobles efforts
A cette politique, à cette accapareuse
Qui nous tient jour et nuit, qui nous prend tête et corps.
Nous ne reverrons plus ces régions sereines,
Ces hauts lieux habités par le bien et le beau,
Où les muses chantaient par la voix des sirènes,

Où l'art et l'idéal allumaient leur flambeau.

Non; mais si nous pouvions, chacun dans notre sphère,

Mettre un peu de bon sens dans un cerveau troublé,

Peut-être aurons-nous fait ce que nous devons faire,

Quand nous aurons ému, souffert et consolé.

Vous m'avez fait du bien, et je veux vous le dire.

De loin comme de près je sais vous écouter.

Je l'ai lu tout d'un trait, et je veux le relire,

Le plus joli récit qui se puisse conter.

————

DANS UN RÊVE

Je vis de rien, car je vis dans un rêve.

Le vent me prend et m'emporte à son gré,

Dans un nuage avec lui je m'élève

Et je me perds dans le vide azuré.

Je vis de rien, car je vis dans un rêve.

Est-ce être heureux que vivre dans un rêve?
Je suis mon Maître et crois être mon Roi.
L'arbre en sa fleur et le fruit en sa sève,
Tout me paraît être créé pour moi.
Est-ce être heureux que vivre dans un rêve?

Est-ce être fou que vivre dans un rêve?
L'aspect du ciel suffit à ma raison :
Que la nuit baisse ou que le jour se lève,
C'est l'infini qui fait mon horizon.
Est-ce être fou que vivre dans un rêve?

———

CONSEIL

N'es-tu pas bien portant? — Si.
— Les malades, penses-y.
N'as-tu pas de bons yeux? — Si.
— Les aveugles, penses-y.

N'as-tu pas ta raison? — Si.

— Les insensés, penses-y.

N'as-tu pas de bons bras? — Si.

— Les infirmes, songes-y.

N'as-tu pas un denier? — Si.

— Les indigents, songes-y.

———

LA BELLE SOIRÉE

Derrière un rideau de pourpre enflammée,
Le soleil qui fuit a noyé le jour,
La soirée est belle ; elle est embaumée
De tièdes senteurs, de parfums d'amour.

Alors je comprends qu'il fait bon de vivre ;
J'aspire l'air pur, je lève les yeux :
Les étoiles sont les lettres d'un livre
Où je lis tout bas le parler des cieux.

Mon âme se hausse aux nobles pensées ;

Je me sens plus libre et plus généreux,

Et le souvenir des amours passées

Des jours regrettés fait des jours heureux.

La nature était aussi calme et belle,

Mon âme aussi pure et crédule au bien,

Le soir où, pensif et muet près d'elle,

Je perdis mon cœur sans gagner le sien.

LE FUTUR DE LA POUPÉE

(Mlle *** *entre, tenant une poupée dans ses bras.*)

O ma poupée, ô ma poupée,

Vous que nous appelons Lili,

Vous me semblez bien occupée

De ce pantin frais et joli,

Avec ses deux yeux de faïence

Et ses deux lèvres de carmin,

Qui s'évertue en conscience

A me demander votre main.

Il faut savoir s'il la mérite.

Consultez-moi donc là-dessus,

Et, j'en suis sûre, ma petite,

Mes avis seront bien reçus.

On dit qu'il a de la fortune ;

Or, dans le siècle où nous vivons,

Ce n'est pas chose inopportune,

Car nous aimons fort les chiffons,

Et, si l'on nous montrait le compte

Des dépenses que nous faisons,

Nous en serions pour notre honte.

Mais, malgré ces bonnes raisons,

Nous avons notre caractère

Qui n'est pas aisé tous les jours ;

On ne nous a pas sans nous plaire,

Et l'on ne nous plaît pas toujours.

Ce bébé parle avec emphase ;

Il est un peu trop de Paris,

Et son barbier, quand il le rase,

Lui met de la poudre de riz.

Il est content de sa personne,

De ses cheveux blonds, de ses dents...

Mauvaise affaire !... Je soupçonne

Que le dehors nuit au dedans.

On a dit qu'étant volontaire

(Involontaire) cet Arthur

Maugréait contre l'ordinaire

Et se plaignait d'un lit trop dur.

Cela se comprend ; mais, en somme,

S'il s'agit de nous marier,

C'est le moins qu'on nous offre un homme

Qui puisse faire un officier.

Si vous êtes ma fille chère,

Ma mère est votre grand'maman.

Je lui dirai le nécessaire,

Si vous m'en chargez... Chargez-m'en.

Elle acceptera sans nul doute

Notre réponse qu'elle attend.

(Montrant une porte.)

Je n'affirme pas qu'elle écoute ;

Mais je suis sûre qu'elle entend.

(S'approchant de la porte.

Voyons, Lili, de la franchise ;

Encore un mot, encore un pas !

Faut-il, faut-il que je le dise ?

(Élevant la voix.)

Grand'maman, nous n'en voulons pas !

———

PROPOSITION

J'imagine le plus... drôle des mariages :

Ma femme aura le goût des arts et des voyages ;

Cinquante ans, veuve, ayant des enfants mariés,

Libre par conséquent, riche... assez ; mais croyez

Que je ne prétends pas toucher à sa fortune :

Nos revenus feront notre bourse commune,

Et notre capital ira, selon nos vœux,

Le sien à ses enfants, le mien à mes neveux.

Maintenant si l'on veut pousser plus loin la chose,

Écoutez-moi : voici la principale clause :

Au rebours des époux unis civilement,

Nous nous marions, nous, religieusement.

Non, point d'état civil ! Tout au plus un notaire :

Hymen indépendant, union volontaire.

Nous n'irons pas chercher un maire éventuel

Sorti de ton casier, suffrage universel!

Ne reconnaissant pas cette magistrature,

Nous n'avons pas besoin de son investiture.

Pour me faire expliquer et m'appliquer la loi,

Il me faut, il nous faut des gens d'un autre aloi...

Nous trouverons peut-être un curé de campagne,

Ou quelque bon abbé d'Italie ou d'Espagne,

Qui ne redoutera point en nous unissant

De prononcer le nom du Seigneur tout-puissant.

Nous remontons avant les immortels principes,

Avant l'avènement des culotteurs de pipes.

Les enfants, direz-vous? Mais nous n'en aurons pas,

Puisqu'elle a cinquante ans, moi, davantage, hélas!

Nous avons deux bons cœurs et deux bons caractères.

Nous vivons sans soucis, sans bruit, sans commentaires.

J'inscris sur mon drapeau ce mot tant répété,

Si rarement compris : celui de Liberté.

Nous trouverons un coin de la terre française

A l'abri des voyous et de la *Marseillaise;*

Nous fuyons les bavards, les méchants, les jaloux,

Qui vivent sur autrui quand nous vivons pour nous.

Le monde ainsi compris devient un pur délice.

L'hiver, nous habitons notre villa de Nice,

Un régal de soleil, de rose et d'oranger,

Que le ciel et la mer semblent se partager...

Puis nous partons. Mais chut! en le disant d'avance,

Nous portons une atteinte à notre indépendance.

Est-ce tout? Supposons que ce soit tout. Eh bien,

Qui voudra faire ainsi mon bonheur et le sien?

Que si vous connaissez cette aimable personne,

Nommez-la : je l'emporte...Où donc?— A Carcassonne.

TABLE

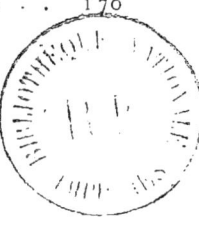

A PARIS

DES PRESSES DE D. JOUAUST

Rue de Lille, 7

M DCCC LXXXVIII

41